PROSPECTUS

D'UN
PONT DE FER
D'UNE SEULE ARCHE,

Proposé, depuis vingt toises jusqu'à cent d'ouverture, pour être jeté sur une grande riviere : présenté au Roi le 5 Mai 1783,

Par M. Vincent de Montpetit.

A PARIS,

Chez l'Auteur, rue du Gros-Chenet, près de celle de Cléry, N°. 3.

M. DCC. LXXXIII.

(5)

PROSPECTUS

D'UN PONT DE FER *

D'UNE SEULE ARCHE,

* Voyez la note au sujet de la rouille, page 7.

PROPOSÉ *depuis vingt toises jusqu'à cent d'ouverture, pour être jeté sur une grande riviere ; présenté au* ROI *le 5 Mai 1783.*

LES dangers que présentent à la navigation les piles des ponts sur les grandes rivieres, font des motifs assez intéressants pour avoir de tout temps engagé les Constructeurs à chercher les moyens de faire les plus grandes arches possibles ; mais ils n'ont pu les ouvrir qu'en raison de la tenacité des matériaux, car si l'on avoit la facilité de se servir de granit ou de porphyre, au lieu de pierre ordinaire, pour établir des ponts, on

A ij

pourroit doubler aifément l'ouverture des plus grandes arches connues : à défaut de ce moyen, on a propofé en différents temps celui d'employer le fer, comme de toutes les matieres de conftruction la plus tenace & la moins deftructible ; & quoique l'Hiftoire Ancienne ne nous ait rien tranfmis à ce fujet, il eft probable que cette idée n'a point échappé aux Architectes de l'Antiquité.

Dans ce fiecle, le Docteur Defaguillier l'avoit conçu pour la Tamife ; le fieur Garrin, en 1719, fut fur le point d'en exécuter un à Lyon ; depuis un autre a été propofé pour le pont de Saint-Vincent fur la Saône ; en 1755, les fieurs Goiffon & de Montpetit s'en occuperent pour le fleuve du Rhône. De tous les projets cependant qui ont paru, aucun n'a été exécuté en France, foit parce que les connoiffances fur cette matiere n'étoient point auffi étendues qu'elles le font aujourd'hui, foit efprit de prévention ou de parti qui s'éleve toujours contre les nouveautés, foit enfin défaut de combinaifon dans la compofition. A ce dernier cas il eft malheureux qu'on n'y ait pas pris affez d'intérêt pour en conferver des modeles ou des deffins qui auroient dans la fuite fervi de moyens de comparaifon pour en perfectionner le méchanifme.

En 1777 & 1778 deux projets de ce genre ont paru, chacun d'un syftême différent, par les fieurs Calippe & de Montpetit; M. de Morveau, de l'Académie de Dijon, en a fait une critique judicieufe à laquelle ce dernier Auteur a répondu. La critique & la réponfe méritent d'être lues dans le Journal de Littérature & des Beaux-Arts, 1779, Nos. 28 & 32.

Le projet qui eft renouvellé aujourd'hui, eft une fuite de celui projeté pour le Rhône en 1755 : l'Auteur depuis ce temps s'eft occupé à en perfectionner le méchanifme; & en combinant toutes les idées conçues & digérées par des expériences, il s'eft convaincu que le plus fûr moyen de fuccès dans la compofition d'un tel édifice, étoit de faire porter toutes les principales pieces de force à angle droit, par preffion & non par extenfion (quoiqu'il foit reconnu que le fer tire beaucoup plus qu'il ne porte); de là la néceffité de foumettre la longueur du pont à un arc quelconque, afin d'anéantir les ofcillations par la preffion, & déterminer toute la portée fur les culées, qui à cet égard n'auront pas plus de réfiftance à oppofer, pour ne pas dire beaucoup moins, que pour une grande arche en pierre dure qui auroit les mêmes dimenfions , ce qu'il eft aifé de prouver.

L'Auteur a exécuté un modele de fer en 1779, dont le développement eft détaillé dans un Mémoire lu à l'Académie Royale des Sciences, contenant le calcul des forces tant vives que mortes de tout cet édifice. Ce modele fut enfuite expofé pendant quatre mois dans la Salle d'affemblées, afin de recueillir les avis des Savants Académiciens, fur les moyens d'une plus grande perfection. Il fut enfuite placé pendant l'hiver, au concours des Sciences & des Arts, chez M. de la Blancherie , pour y être critiqué non feulement par les Connoiffeurs & Artiftes nationaux, mais encore par les Savants étrangers qui fe réuniffent à ces Affemblées.

Toutes les différentes differtations qui fe font faites à ce fujet, même les critiques anonymes auxquelles l'Auteur a répondu, ont fervi à éclaircir la matiere & à en perfectionner le fyftême.

Le réfumé de tout cela a été de produire un méchanifme plus fimple , plus léger, moins coûteux & tout auffi folide. L'Auteur en a fait le développement dans un Mémoire en forme de fupplément, adreffé à MM. les Commiffaires qui avoient été nommés en 1779 pour faire le rapport.

Ces Meſſieurs, en convenant de la poſſibilité de la conſtruction d'un pont de fer, ne peuvent aſſeoir leur jugement ſur des expériences qu'ils n'ont pas faites ; celles rapportées par l'Auteur ne ſont que conjecturales pour eux, il faudroit les répéter & en faire de nouvelles, & cela ne ſe peut faire ſans frais ; il n'y a que le Gouvernement qui puiſſe en donner l'ordre & les moyens, ou ſon approbation à une Compagnie qui en voudroit faire les avances, en ſe propoſant la conſtruction d'un pont de fer. Alors l'Auteur indiqueroit les opérations à faire pour s'aſſurer d'une ſolidité dé-montrée par les faits. *Voyez l'apperçu des Expérien-ces à la fin.*

Le rapport a été conſéquemment en ſuſpens, & l'Auteur a retiré de MM. les Commiſſaires ſes Mémoires & Deſſins, pour y faire les additions & changements relatifs à ſes nouvelles idées ; il en fera part à ceux qui voudront s'intéreſſer à la conſtruction de cet édifice métallique, ainſi que des moyens de le préſerver de la rouille (1).

---

(1) La principale objection qui a été faite ſur ce projet, eſt celle au ſujet de la rouille ; le procédé que l'Auteur ſe propoſe d'employer n'a point été développé à l'Académie des Sciences ; mais indépendamment de ces moyens, toute objection doit être levée par la nouvelle & précieuſe découverte d'un vernis métallique inaltérable, qui pénetre le fer juſques dans le cœur, & le garantit de la rouille pour toujours.

AVANTAGE de ce Pont fur les autres, tant pour la conftruction que pour la commodité & l'économie.

I°. IL ne fera aucun obftacle ni au cours de la riviere, ni à la Navigation; au contraire il la favorifera, parce qu'en fupprimant le maffif des piles néceffaires à un pont de pierre, qui rétréciffent le lit de la riviere en le divifant, on a la facilité de le refferrer par les culées, pour en rendre la profondeur plus égale & le courant de l'eau moins tortueux, fans former aucun de ces écueils dangereux qui environnent ordinairement les piles des ponts.

II°. En ménageant un petit quai le long des faces des culées, les chevaux attelés à la remonte des bateaux, pourront paffer fous le pont, de maniere que le tirage ne fera point interrompu par une manœuvre qui caufe ordinairement beaucoup de retard & d'embarras, fur-tout quand il faut interrompre des files de voitures qui montent & defcendent un pont.

III°.

III°. (1) Le temps des glaces & des inondations ne caufera aucun dommage, & même dans le cas où un débordement extraordinaire parviendroit à groffir la riviere jufqu'au point de toucher aux reins des grandes arches, ce pont ne rifqueroit rien , en ce qu'étant tout à jour & n'ayant point de piles, il oppoferoit moins de réfiftance à l'impétuofité de l'eau.

IV°. L'ordonnance de ce pont eft diftribué de façon qu'on peut parcourir fon intérieur par des galeries de fix pieds de hauteur fur trois & quatre de largeur ; cette commodité donne la facilité de vifiter cet édifice dans toutes fes parties , & d'y faire toutes les réparations néceffaires ; car il eft compofé de maniere que chaque piece peut être enlevée, changée & replacée à volonté fans que l'enfemble en fouffre. Ces galeries peuvent même fervir de paffage couvert pour les gens de pied dans les temps de foule & d'embarras.

V°. Ce pont, dans fa conftruction, a un agrément que n'ont pas tous les autres, en ce que toute fa méchanique fe montant à vis & à cla-

---

(1) Les défaftres arrivés cette année 1783 , en différentes Provinces du Royaume , par les inondations qui ont emporté des ponts fur de grandes rivieres, rendent cet article encore plus conféquent.

B

vettes, elle peut être fabriquée en différents lieux éloignés, amenée par partie à sa destination, montée ensuite par ceintres qui seront placés successivement tout d'une piece, de maniere que les culées une fois faites la riviere est libre, & les travaux, après les premiers arcs ou arrêtes posés, se continueront pour ainsi dire en l'air, sans aucun appui qui gêne le cours de la riviere, ni qui interrompe la navigation, en sorte que l'Entrepreneur pourroit s'engager à n'arrêter le passage des grands bateaux que pendant quelques jours.

VI°. De plus, cet édifice peut être augmenté & diminué à volonté, de vingt pieds de largeur il peut être porté à trente, quarante & au-delà, sans le décomposer ni en interrompre la liberté, ni celle du cours de la riviere. Pour le rétrécir il n'y a qu'à dévisser les arrêtes extérieures, & rapprocher les balustrades; & pour l'élargir il n'y a qu'à ajouter une ou plusieurs galeries; de même s'il étoit nécessaire de le transporter ailleurs, il feroit très-facile de le démonter par partie; & en en forgeant de nouvelles, il pourroit être alongé par la continuation de son arc sans en être endommagé.

VII°. A tous ces avantages, ce pont réunit encore

célui de coûter moins qu'un autre. Sur les proportions du deſſin donné pour quatre cents pieds de longueur ſur quarante de largeur, le ſquelette de l'enſemble, avec tous les ornements & acceſſoires en fer, peut peſer environ dix-ſept à dix-huit cents milliers au plus fort ; on ſait ce que peut coûter le cent peſant de gros fer forgé rendu ſur les lieux, & tel prix qu'on y mette ſelon la proportion de ſon poids & de ſa façon, la ſomme qui en réſultera ſera toujours bien inférieure à celle que coûteroit un pont de pierre qui auroit les mêmes dimenſions (1).

D'ailleurs quand même par les acceſſoires & ornements qu'on jugeroit convenables d'y ajouter, la dépenſe approcheroit de celle d'un pont de pierre, celui-ci, qui n'en a aucuns des inconvénients, mériteroit par ſa ſingularité & les avantages qui en réſultent, d'avoir la préférence toutes les fois qu'il ſera queſtion de joindre l'utile,

---

(1) M. de la Place a trouvé le ſecret d'augmenter la tenacité de la fonte & d'améliorer le fer ſans en augmenter le prix que de très-peu de choſe. Cette découverte vient encore à l'appui du projet de pont dont eſt ici queſtion, & en peut de beaucoup diminuer la dépenſe par le ſuccès des expériences, d'où il s'enſuivroit une diminution de plus d'un quart du prix.

l'agréable, le commode, le folide & le merveilleux.

Malgré tous ces avantages, & quelque féduifante que foit l'idée d'un pont d'une feule arche, jetée avec autant de hardieffe que de majefté, fur une grande riviere, & malgré tout le merveilleux d'un tel édifice, qui contribueroit à la gloire d'un Etat, & à la magnificence d'une Ville; il eft des circonftances où la dépenfe, quoique de beaucoup inférieure à celle d'un pont de pierre, pourroit être encore trop forte, relativement aux fonds deftinés à cet ufage; car pour accomplir l'enfemble de cette conftruction, felon le deffin donné, il faut qu'il foit accompagné des acceffoires & ornements qui contribuent à fa commodité & à fa beauté; l'apperçu de cette dépenfe pourroit être un obftacle à l'exécution d'un pareil projet.

Il eft des cas cependant où un pont eft abfolument néceffaire & où, faute de moyens, on eft réduit à une fimple conftruction en bois, dont les inconvénients font encore plus conféquents que ceux d'un pont de pierre, puifqu'il faut également divifer la riviere par des palées qui forment autant d'écueils, & qui étant continuellement expofées à l'action de l'air & de l'eau, ne peuvent être de longue durée ni réparées qu'à grands frais.

Pour lever ces difficultés & ne faire qu'une dépenfe proportionnée aux moyens, néanmoins fe
préparer la jouiffance du pont de fer dont eft quef-
tion, il n'y a qu'à conftruire fimplement partie du
fquelette méchanique qui conftitue la force & la
folidité de cet édifice, enfuite faire les acceffoires
en bois, en attendant qu'on foit en état de les
changer en fer ; par ce moyen on pourra, par
fucceffion de temps, achever l'entiere conftruction
de ce pont, en employant pour cet objet la dépenfe qu'exigeroient les grandes réparations d'un
pont de bois.

Il n'y a donc, pour cet effet, qu'à entreprendre
feulement un nombre d'arrêtes ou arcs-fommiers
avec leurs galeries, le tout en fer, felon les proportions données, fur lefquelles on établira des
madriers avec des baluftrades de bois, ou gardes-
fous en barres de fer, &c. de cette maniere la
dépenfe ne fera pas la moitié de celle que coûteroit l'entier établiffement de cet édifice métallique, peut-être même feroit-elle inférieure à la
dépenfe totale qu'exigeroit celui en bois : on en
peut juger par l'examen de l'expofé ci-après.

Suppofé que l'on ait à conftruire un pont de
trois cents pieds de longueur, auquel il feroit con-

venable de faire des trotoirs, la largeur feroit au moins de quarante pieds : fi les fonds deftinés à cette entreprife ne fuffifoient pas pour cette conftruction en total, on pourroit, pour le moment, en fupprimer les trotoirs, & réduire la largeur à vingt-huit pieds ; alors la dépenfe peut être eftimée felon l'état qui fuit :

« Etat de la pefanteur du fquelette méchanique » d'un pont de fer de trois cents pieds de longueur » fur ving-huit de largeur, prife fur un arc de » vingt-huit degrés d'ouverture, fans y comprendre » le couchis ni les trotoirs & les baluftrades qui » peuvent être faits en bois.

» Les arcs qui forment les arrêtes ou fommiers, » font compofés de lames de fer d'un pied de hau- » teur fur huit lignes d'épaiffeur, ce qui donne » huit pouces quarrés de groffeur, qui font pour » la longueur de trois cents pieds, deux cents pieds » carrés ; il y en a deux en haut de l'arc & deux » en bas, valants huit cents pieds, à 47 livres $\frac{1}{2}$ le » pied carré, en raifon de 570 livres le pied cube, » font le poids de   .   . 38000 livres pefant.

» Les montants ou moifes » qui affemblent les bandes, » fans les pattes, ont cinq

Ci-contre . . . 38000 livres pesant.

» pouces de largeur, un pouce
» d'épaisseur, quatre pieds de
» longueur, ce qui fait deux
» cents quarante pouces ou
» un pied deux tiers carré :
» les pattes deux pieds six
» pouces de longueur à cha-
» que bout, & huit lignes
» d'épaisseur sur un pied de
» largeur, ce qui fait en tout
» environ trois pieds carrés
» à 47 livres $\frac{1}{2}$, vaut 142 li-
» vres $\frac{1}{2}$ pesant ; en les pla-
» çant de cinq pieds en cinq
» pieds, il en faut soixante
» & un, qui donneront en-
» semble de pesanteur la masse
» de . . . . . 8693 livres pesant.

» A quoi il faut ajouter
» six livres seulement pour la
» valeur des écrous & des
» têtes de boulons, parce que
» le poids des boulons est

46693 livres pesant.

De l'autre part . . . 46693 livres pefant.

» compris dans le plein des
» lames & des pattes, il en
» faut quatre par moife, ce
» qui donne deux cents qua-
» rante-quatre, multipliés par
» fix, valent . . . . 1464 livres pefant.

» Ces trois articles ci-def-
» fus, qui compofent un ar-
» rête ou fommier, font le
» poids total de . . . 48157 livres pefant.

» Dans la largeur de vingt-huit pieds, en pla-
» çant les arrêtes de trois pieds quatre pouces huit
» lignes de diftance, on aura vingt-fept pieds un
» pouce quatre lignes, qui avec douze pouces
» pour l'épaiffeur des lames, donnent vingt-huit
» pieds un pouce quatre lignes. Le tout formera
» huit efpaces ou galeries renfermées par neuf ar-
» rêtes, qui enfemble feront par conféquent le
» poids de . . . . . 433413 livres.

» Pour affembler parallélement ces arrêtes fur
» leur champ, il faut des traverfes de trois pieds fix
» pouces de longueur, y compris le recouvrement,
» à quoi on peut ajouter un pied pour les deux
» pattes, ce qui feroit quatre pieds fix pouces, un
» pouce

» pouce d'épaiſſeur ſur deux ½ de hauteur de champ,
» en tout deux pouces ½ de groſſeur, ce qui vaut
» enſemble un pied quarré moins $\frac{11}{144}$ que l'on peut
» évaluer à environ 43 livres, il en faut dans toute
» la longueur quatre par moiſe ; mais comme celles
» de deſſus doivent être plus fortes que celles de
» deſſous, on réduit celles-ci à deux pouces de
» hauteur ſur champ, au lieu de deux & ½ qui eſt
» un 5e. de moins, ſeroit par conſéquent environ
» 35 livres. Ainſi il y a ſoixante & une moiſes, ac-
» compagnées de deux traverſes par le haut , au
» nombre de cent vingt-deux, à 43 livres chacune,
» donneront en peſanteur 5246 livres.
» Les cent vingt - deux
» de deſſous à 35 livres   } 9516 livres.
» chacune.   .   .   .4270 livres.
» elles ſont diſtribuées en huit galeries, qui don-
» nent par conſéquent la maſſe de   76128 livres
» qui avec celle de   .   .   . 433413 livres,

» fait le total de .   .   .   . 509541 livres.

» Les diagonales ou contre-buttes de huit pieds
» & ½ de longueur de tige, ſur deux pouces & ½
» de hauteur de champ, & un pouce d'épaiſſeur,
» les pattes deux pieds chacune, évaluées, tant

C

» pour la largeur que pour l'épaiſſeur, auſſi à deux
» pouces ½ l'une dans l'autre ; ce qui donne en
» toute la longueur douze pieds ſix pouces, multi-
» pliés par deux pouces ½, font trois cents ſoixante-
» quinze pouces qui compoſent deux pieds quarrés,
» plus $\frac{29}{48}$ à 47 livres ½ donnent 118 livres ¼, fait
» environ 120 livres. Il en faut dans toute la lon-
» gueur, ſoixante & un qui font 7320 livres, diſ-
» tribuées en huit galeries, produiront la maſſe
» de . . . . . . 58560 livres.
    » De l'autre part . . . 509541 livres.

    » T O T A L . . . 568101 livres.

Ainſi tout le poids de cette conſtruction n'excé-
dera pas ſix cents milliers au plus fort ; car ici le pied
cube de fer eſt pris ſur 570 livres peſant, au lieu
qu'il n'eſt ordinairement que de 558 à 560 livres,
ce qui fait une différence d'environ onze livres par
pied ; conſéquemment quand on évalueroit le gros
fer forgé à cent écus le millier tout poſé, celui
des vis & écrous à 750 livres, ou le tout l'un
dans l'autre juſqu'à 500 livres le millier, *cela ne
feroit pas la ſomme de 300000 livres*, pour cette
premiere conſtruction, ſur laquelle il n'y aura qu'à
coucher des madriers, & placer à leur about des

gardes - fous en fer, de bandes courantes auſſi ſimplement que l'on voudra. On peut ajouter à cette dépenſe environ 2500 livres pour le moyen aſſuré de préſerver le fer de la rouille.

Quand il ſera queſtion d'ajouter une nouvelle galerie pour élargir le pont, il eſt aiſé de concevoir que pour cet effet il n'y aura qu'à échafauder à la volée le long de la partie extérieure que l'on veut augmenter, obſervant de donner la largeur néceſſaire pour l'aiſance du travail & de l'aſſemblage de toutes les pieces d'une nouvelle arrête parallelement aux autres, ſans interrompre le paſſage du pont ni le cours de la navigation.

Les connoiſſances acquiſes par cette premiere conſtruction donneront la facilité dans la ſuite de fabriquer & poſer toutes les parties à meilleur compte, & il eſt probable que l'établiſſement d'une nouvelle galerie à ajouter, ne coûteroit pas 30000 livres, ſomme qui ne ſuffiroit pas à la premiere groſſe réparation des palées d'un pont de bois, réparation qu'il faudra recommencer au bout d'un certain nombre d'années.

Il ſera donc plus avantageux de commencer par la conſtruction d'une partie du pont de fer, tant pour l'économie néceſſaire du moment, que pour

les dépenfes à venir ; car dans les grandes réparations d'un pont, foit en bois, foit en pierre, on
eft fouvent contraint d'en interrompre le paffage,
quelquefois même pendant plufieurs mois, & de
faciliter par une autre voie la traverfée de la riviere, ce qui occafionne toujours des dépenfes
étrangeres à l'objet principal, au lieu qu'en les
employant comme il eft dit ci-deffus, elles ame-
neront petit à petit la jouiffance entiere de tout
l'édifice métallique, dont l'établiffement aura été
commencé.

Ainfi le Public inftruit & impartial trouvera
que commodité, folidité, économie & merveilleux fe réuniffent dans ce Profpectus.

Apperçu des expériences à faire en grand pour prouver la solidité d'un pont de fer.

1°. IL faut faire forger aux forges les plus à proximité une lame de fer de sept pieds de longueur, huit lignes d'épaisseur & huit pouces de hauteur, ayant quatre trous pour passer des boulons;

Plus, une pareille piece de même dimension, mais sans trou;

Une troisieme pareille piece de la fonte du sieur de la Place, qui aura un pouce d'épaisseur au lieu de huit lignes :

2°. Toutes ces pieces seront éprouvées par pression, par secousse & par choc, en sus de la charge totale qu'elles ont à supporter dans le système du pont & des différents risques où elles seront exposées :

3°. En conséquence il sera construit une machine, sur laquelle on pourra éprouver toutes sortes de pieces de fer; il y sera joint une table qui donnera les degrés de force d'une barre quelconque, selon son échantillon, ce qui, jusqu'à présent, n'a pas été connu :

4°. Cette machine donnera la valeur de la chûte d'un corps folide, de maniere qu'on pourra apprécier la percuffion & les chocs des roues de voiture en raifon de leur charge :

5°. Il fera néceffaire de conftruire une machine pour éprouver les pieces qui doivent agir par extenfion :

6°. On difpofera des lames de fer ceintrées fur champ, qui feront foumifes à un pyrometre qui fera connoître l'augmentation de la preffion du fer fur les culées, dans le moment de fon extenfion, felon fon degré de courbure :

7°. Tous ces moyens propofés font néceffaires pour avoir des expériences concluantes à la folidité d'un pont de fer ; elles peuvent d'ailleurs répandre de grandes lumieres fur les Arts & Métiers, & être d'un grand fecours aux Conftructeurs, dans l'Architecture civile, militaire & navale, & il s'enfuivra de toutes ces connoiffances, qu'on pourra, fur les principes du fyftême du pont, établir folidement & fans de grands frais, des voûtes, des dômes, des plafonds de trois & quatre cents pieds de diametre, ce qui feroit avantageux pour les Temples & les édifices publics où il faut raffembler beaucoup de monde :

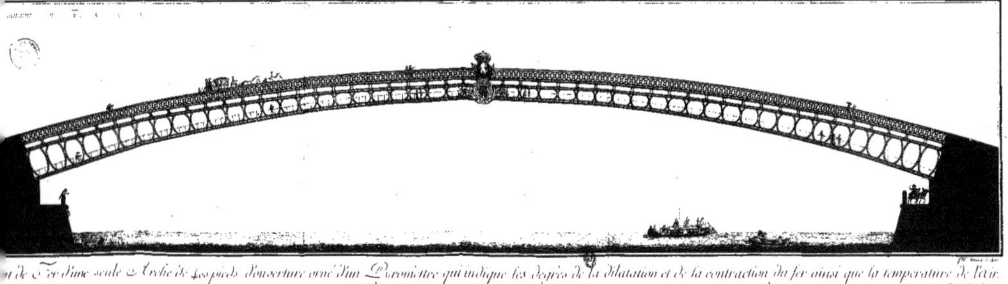

...t de Fer d'une seule Arche de 400 pieds d'ouverture orné d'un Pyromètre qui indique les degrés de la dilatation et de la contraction du fer ainsi que la température de l'air.

8°. Si, après les expériences, on ne juge pas à propos de se servir pour un pont de fer, des matieres qui auront été éprouvées, elles n'en seront pas moins très-utiles à d'autres usages, & leur valeur intrinseque en sera augmentée :

9°. Pour ce qui est des machines, elles fourniront des moyens d'expériences, toujours nécessaires en beaucoup de cas, comme pour épouver les essieux des roues de voitures, les flêches & arcs de carrosses, les bras de leviers destinés à supporter des massifs de maçonnerie, de charpente, &c.

Elles feront par conséquent un établissement très-intéressant dans un Etat policé.

Lu & approuvé à Paris, le 13 Mai 1783, DE SAUVIGNY.

Vu l'Approbation, permis d'imprimer, LE NOIR.

L. JORRY, Imprimeur - Libraire de MONSEIGNEUR LE DAUPHIN, rue de la Huchette, 1783.

www.ingramcontent.com/pod-product-compliance
Ingram Content Group UK Ltd.
Pitfield, Milton Keynes, MK11 3LW, UK
UKHW021531080726
13613UKWH00008B/2131